——新版——
小学语文同步阅读

有的人

YOUDEREN

臧克家 ——

著

长江出版传媒 | 长江文艺出版社

有的人活着，他已经死了；
有的人死了，他还活着。

鲁迅的一生就是一个永远活着
的人。他的精神激励我们向
共产主义远大目标，前进！

臧克家

一九八三年为纪念
鲁迅
诞生百周年书

1981年臧克家为纪念鲁迅诞辰一百周年题词

三代

孩子在土里洗澡
爸爸在土里流汗
爷爷在土里葬埋

——《泥土的歌》之一

臧克家 一九八五年十一月 时年八十一

一把長鍤見精神
黃沙不渡誓此身
名城血泛忠魂立
吟頌常懷范將軍

范築先將軍殉國四十六周年
男職了忠魂

臧克家

甲子
咳

忠魂

窗外潇潇听雨声
朦胧榻上睡难成
诗情不似潮有信
夜半灯花几变红

七五年萧作习灯花之

克家
八四年书

灯花

万类人间重与轻难凭
高下作权衡凌青羽毛
原无力坠地金石自有
声

旧作一绝

小平存念

臧克家

一九八九年元月
时年八十又四

重与轻

目 录

狂风暴雨之夜

夜幕深垂着森严的恐怖，
恶魔放浪着得意的歌舞，
宇宙溺入了凄惨的黑海，
再找不出一丝暖意！

弱者的白骨搭起了罪恶的高峰，
血雨淋漓浸润着痛创的悲情，
人生葬埋在墟墓的骷髅中，
隐隐低咽的鬼声透露着枯杨的悲鸣！

怒吼的狂风摇震着哀号的林木，
暴雨激荡着海涛翻腾，
黑暗放射了临死的返照，
长夜漫漫终会有明！

狂风，吹吧！
吹倒荒凉人生的支柱。

暴雨，打吧！
打破墟墓的幽灵之门。

东方露出了丝丝光明，
那是人类新生的象征。
朋友们，努力吧，
暖和的太阳会普照我们的生之前程。

1929 年

捡煤球的姑娘

一堆垃圾，春风在上面
吹不出美丽的花朵，
淘金似的，小姑娘们
把希望放在指头尖上。

尘雾迷了人的脸，
连心也全是黑色了；
她们的青春不见开花，
暗暗地憔悴了，在黑风里。

1930 年 5 月

故乡

我怕想起：
你还朦胧在雾縠里，
我偷离开你的身旁，
走远了，再回头，
树梢高挑一缕阳光。

我爱想起：
我来了，红霞在西天驶，
你有意叫晚烟笼着你，
我揭开我的心，
预备接你的欢喜。

我恨想起：
在有月亮的夜里，
眼皮下转着无绪的幽思，
不知几时沁出一点泪，

这时候我最想你。

1932 年 3 月于青岛

老马

总得叫大车装个够，
它横竖不说一句话，
背上的压力往肉里扣，
它把头沉重地垂下！

这刻不知道下刻的命，
它有泪只往心里咽，
眼里飘来一道鞭影，
它抬起头望望前面。

1932 年 4 月

希望

自从宇宙带来了缺陷，
人类为了一种想念发狂，
精神上化出了一个影像，
那就是你——美丽的希望。
在沙漠上，疲倦困住了旅客的心，
他们的脚下坠着沉重，
一步一步趋近黄昏，
拖不动自己高大的影。
这时你是一泉清水，
远远地放出一点清响，
这声响才触到焦灼的心上，
他们即刻周身注满了力量！
在暗夜里，你是一星萤火，
拖着点诱惑的光，
在无边的黑影中隐现，
你到底是真实还是虚幻？
原来没有一定的形象，

从人心上你偷了个模样。

现实在你后面，像参星向辰星赶，

当中永远隔一个黑夜，

在晨光中，参瞅白了眼，

望不见辰在天的那边。

你把人类脸前安上个明天，

他们现在苦死了也不抱怨，

你老是发着美丽的大言，

从来不知道什么叫红脸。

人类追着你的背影乞怜，

你从不给他们一次圆满，

他们掩住口老不说厌倦，

你挟着他们的心永远向前。

你也可以骄傲地自夸：

"我的遗迹造成了现世的荣华。"

你再加一句自谦："这算了什么，

前面的一切更叫你惊讶！"

我们情愿痴心听从你，

脸前的丑恶不拿它当回事，

你是一条走不完的天桥，

从昨天度到今天，从今天再度到明朝。

1932 年

当炉女

去年，什么都是他一手担当，
喉咙里，痰呼呼地响，
应和着手里的风箱，
她坐在门槛上守着安详，
小儿在怀里，大儿在腿上，
她眼睛里笑出了感谢的灵光。

今年，是她亲手拉风箱，
白绒绳拖在散乱的发上，
大儿捧住水瓢蹀躞着分忙，
小儿在地上打转，哭得发了狂，
她眼盯住他，手却不停放，
果敢咬住牙根："什么都由我承当！"

1932 年 8 月

烙印

生怕回头向过去望，
我狡猾地说"人生是个谎"，
痛苦在我心上打个印烙，
刻刻警醒我这是在生活。

我不住地抚摩这印烙，
忽然红光上灼起了毒火，
火花里迸出一串歌声，
件件唱着生命的不幸。

我从不把悲痛向人诉说，
我知道那是一个罪过，
混沌地活着什么也不觉，
既然是谜，就不该把底点破。

我嚼着苦汁营生，
像一条吃巴豆的虫，

把个心提在半空，
连呼吸都觉得沉重。

1932 年

天火

你把人生夸得那样美丽，
像才从鲜柯上摘下来的，
在上面驰骋你灵幻的光，
画上一个一个梦想。

这你也可以说是不懂：
浓云把闷气写在天空，
蜻蜓成群飞，带着无聊，
那是一个什么征兆。

一个少女换不到一顿饭吃，
人肉和猪肉一样上了市，
这事实真惊人又新鲜，
你只管掩上眼说没看见。

我知道你什么都谙熟，
为了什么才装作糊涂，

把事实上盖上只手，
你对人说："什么也没有。"

人们有一点守不住安静，
你把他斫头再加个罪名，
这意义谁都看清，
你要从死灰里逼出火星。

不过，到了那时你得去死，
宇宙已经不是你的，
那时火花在平原上灼，
你当惊叹："奇怪的天火！"

1932 年

生活

这可不是混着好玩,这是生活,
一万支暗箭埋伏在你周边,
伺候你一千回小心里一回的不检点,
灾难是天空的星群,
它的光辉拖着你的命运。
希望是乌云缝里的一缕太阳,
是病人眼中最后的灵光,
然而人终须把它来自慰,
谁肯推自己到绝境的可怜?
过去可喜的一件件,
(说不清是真还是幻)
是一道残虹染在西天,
记来全是黑影一片,
唯有这是真实,为了生活的挣扎
留在你心上的沉痛。
它会教你从棘针尖上去认识人生,
从一点声响上抖起你的心,

（哪怕是春风吹着春花）

像一员武士在嘶马声里想起了战争。

那你再不会合上眼对自己说：

"人生是一个无据的梦。"

更不会蒙冤似的不平，

给蚊子呷一口，便轻口吐出那一大串诅咒。

在人生的剧幕上，你既是被排定的一个角色，

就当拼命地来一个痛快，

叫人们的脸色随着你的悲欢涨落，

就连你自己也要忘了这是作戏。

你既胆敢闯进这人间，

有多大本领，不愁没处施展，

当前的磨难就是你的对手，

运尽气力去和它苦斗，

累得你周身的汗毛都擎着汗珠，

但你须咬紧牙关不敢轻忽；

同时你又怕克服了它，

来一阵失却对手的空虚。

这样，你活着带一点倔强，

尽多苦涩，苦涩中有你独到的真味。

1933 年 4 月

渔翁

一张古老的帆篷，
来去全凭着风，
大的海，一片荒凉，
到处飘泊到处是家。
老练的手
不怕风涛大，
船头在浪头上
冲起朵朵白花。
夕阳里载一船云霞，
静波上把冷梦泊下，
三月里披一身烟雨，
腊月天飘一蓑衣雪花。
一支橹，曳一道水纹，
驶入了深色的黄昏，
在清冷的一弦星光上
拨出一串寂寞的歌。
听不尽的涛声，

一阵大，一阵小——
饥困的吼叫，冷落的叹息，
飘满海夜了。
死沉沉的海上，
亮着一点火，
那就是我的信号，
启示的不是神秘，是凄凉。

1933 年 6 月

罪恶的黑手

一

在这都市的道旁，
划出一块大的空场，
在这空场的中心，
正在建一座大的教堂。

交横的木架比蛛网还密，
像用骷髅架起的天梯，
一万只手，几千颗心灵，
从白到黑在上面搏动。

这称得起是压倒全市的一件神工，
无妨用想象先给它绘个图形：
"四面高墙隔绝了人间的罪恶，
里边的空气是一片静寞，

一根草，一株树，甚至树上的鸟，
只是生在圣地里也觉得骄傲。
大门顶上竖一面大的十字架，
街上过路的人都走在它底下，
耶稣的圣像高高在千尺之上，
看来是怎样的伟大、慈祥！

他立在上帝与世人中间，
用无声的话传达主的教言：
'奴隶们，什么都应该忍受，
饿死了也要低着头，
谁给你的左腮贴上耳光，
顶好连右腮也给送上，
忍辱原是至高的美德，
连心上也不许存一丝反抗！
人间的是非肉眼哪能看清？
死过之后主自有公平的判定。'

早晨的太阳先掠过这圣像，
从贵人的高楼再落到穷汉的屋上，
黄昏后，这四周严肃得叫人害怕，
神堂的影子像个魔鬼倒在地下。

早晨的钟声像个神咒，

（这钟声不同别处的钟声。）
牵来了一群杂色人等，
男女牧师们走在前面，
黑色的头巾佩着长衫，
微风吹着头巾飘荡，
仿佛罪恶在光天之下飞扬。

后面逐着些漂亮男子，
肥白的脸皮上挂着油丝，
脚步轻趋着，低声交语，
用心做了一脸肃穆。

还有一队女人缀在后边，
脂粉的香气散满了庭院，
一个用长臂挽着别个，
像一个花圈套一个花圈。

阳光像是主的爱，照着这群人，
也照着他们脚下的石阶，
钟声一阵暴雨的急响，
送他们进了神圣的教堂。
中间有的是刚放下了屠刀，
手上还留着血的腥臭；
有的是因为失掉了爱情，

来到这儿求些安宁；
有的在现世享福还嫌不够，
为来世的荣华到此苦修；
有的是宇宙伤了他多情的心，
来对着耶稣慰藉心神；
有的用过来眼看破了人生，
来求心上刹那的真诚；
有的不是来为了求恕，
不过为追逐一个少女。
虽是这些心的颜色全然异样，
然而他们统统跪下了，朝着上方。

牧师登在台上像威权临着这群众，
用灵巧的嘴，
用灵巧的手势，
讲着教义像讲着真理。
他叫人好好管束自己，
不要叫心作了叛逆，
他怕这空说没有力量，
又引了成套惩劝的旧例。

每次饭碗还没触着口，
感谢的歌声先颤在咽喉，
晚上每在上床之前，

先用祈祷来作个检点，
这功课在各人心上刻了板，
他们做来却无限新鲜。"

二

然而这一切，一切未来的繁华，
与脸前这一群工人无干，
他们在一条辛苦的铁鞭下，
只忙着去赶契约上的期限。

有的在几千尺之上投下只黑影，
冒着可怕的一低头的晕眩。
石灰的白雾迷了人形，
泥巴给人涂一身黑点。
铁锤下的火花像彗星向人扫射，
风挟着木屑直往鼻眼里钻。

这里终天奏着狂暴的音乐：
人群的叫喊，轧轧的起重机，
你听，这是多么高亢的歌！
大锯在木桩上奏着提琴，
节奏的铁砧叩着拍子，
这群工人在这极度的狂乐里，

活动着，手应着心，也极度地兴奋。

有的把巧思运入一方石条的花纹，
有的持一块木片仔细地端详，
有的把手底的砖块飞上半空，
有的用罪恶的黑手捏成耶稣慈悲的模样。

这群人从早晨背起太阳，
一天的汗雨泄尽了力量；
平地上，一万幕灯火闪着黄昏，
灯光下喘息着累倒了的心。

他们用土语放浪地调笑，
杂一些低级的诙谐来解疲劳，
各人口中抽一缕长烟，
烟丝中杂着深味的乡谈，
那是家乡场院上用来消夏夜的，
永不嫌俗，一遍两遍，不怕一万遍，
于今在都市中他们也谈起来了，
谈起也想起了各人的家园。
他们一点也不明白为什么要盖这教堂，
却惊叹外洋人真是有钱，
同时也觉得说不出的感激，
有了这建筑他们才有了饭碗。

（虽然不像是为了吃饭才工作，
倒是像为了工作才吃饭。）

这大建筑把这大众从天边拉在一起，
陌生的全变成亲热的兄弟，
白天忙碌紧据在各人的心中，
没有闲暇去做思乡的梦，
黑夜的沉睡如同快活的死，
早晨醒来个奴隶的身子。
是什么造化，谁做的主，
生下他们来为了吃苦？
太阳的烤炙，风雨的浸淋，
铁色的身上生起片片的黑云；
机器的凶狞，铁石的压轧，
谁的体躯是金钢铸成？
家室的累赘，病魔的侵袭，
苦涩中模糊了无色的四季。
一阵头晕，或一点不小心，
坠下半空成一摊肉泥，
这真算不了什么稀奇，
生死文书上勾去个名字；
然而他们什么都不抱怨，
只希望这工程的日期延长到无限。

三

不过天下的事谁敢保定准？
今日的叛逆也许是昨日的忠心，
谁料定大海上哪霎起风暴？
万年的古井也说不定会涌起波涛！
等这群罪人饿瞎了眼睛，
认不出上帝也认不清真理，
狂烈的叫嚣如同沸水，
像地狱里奔出来一群魔鬼，
用蛮横的手撕碎了万年的积卷，
来一个无理性的反叛！
那时，这教堂会变成他们的食堂或是卧室，
他们创造了它终于为了自己。
那时这儿也有歌声，
不是神秘，不是耶稣的赞颂，
那是一种狂暴的嘻嚷，
太阳落到了罪人的头上。

1933 年 9 月 5 日全夜写大半，6 日完成于青岛

逃荒

（报载：二百万难民忍痛出关，感成此篇）

几茎芦荻摇着大野，

秋的宇宙是这么寥廓，

在这样寥廓的碧落下，

却没寸地容我们立脚！

一条无形的鞭子扬在身后，

驱我们走上这同样的路，

心和心像打通了的河流，

冲向天涯，挟着怒吼！

不要回头再一望家乡，

它身上负满了炮火的创伤，

（这炮火卑污的气息叫人恶心，

也该感谢，它重生了我们。）

横暴的锋锐入骨的毒辣，

大好田园灾难当了家。

没法再想：春天半热的软土炙着脚心的痒痒，

牛背上驮着夕阳；

过了一阵夏天的雨，
跑去田野听禾稼刷刷地长；
秋场上的谷粒在残阳中闪着黄金，
荒郊里剩半截禾梗磨着秋响；
严冬的炕头最是温柔，
妻子们围着一盆黄粱。
这一些，这一些早成了昨夜的梦，
今日的故乡另是一个模样。
一步一个天涯，我们在探险，
脚底下陷了冰窟，说不定对面腾起青山。
我们没有同胞！上帝掌中的人们
不要在这些人身上浪费一声虚伪的嗟叹，
秋风倒有情，张起了尘帆，
一程又一程，远远地送着，
山海关的铁门一闭，
从此我们没了祖国！

1933 年 11 月 3 日

自白

我是平凡，心永远在泥土里开花，
再不去做那些荒唐的梦，
这世纪，魔鬼撕破了真理的面孔，
还给它捏造了无数的诡名，
思想，一条透明的南针，
永不回头，我朝着前进，
像一只大鹏掠过了苍空，
翅膀下透出来一串响声。
百炼的钢条铸成了我的骨头，
那么坚韧，又那么多的锋棱，
不受生活的贿赂去为它低头，
喧豗的大河是我的生命。
你相信风能撼摇铁的树头，
可是你更得相信我这个心！
（血肉可以给刀刃剁成烂泥，
然而骨子永远是我的！）
在这一片撒谎的日子里，

我给人间保留一丝天真，
我是热情，要用一勺沸水
去浇开宇宙的坚冰。
恐怖就让它是六月的淫雨，
我却能估得透它的寿命，
并不胆怯，你看脸前那一列人影，
（无数的心在我的心上跳动）
我将提起喉咙高歌正义，
不做画眉愿做只天鸡。

1934 年 1 月 14 日

答客问

我才从乡村里来，
这用不到我说一句话，
你只须望一望我的脸，
或向着我的衣襟嗅一下。
我很地道地知道那里的一切，
什么都知道，
像一个孩子知道母亲一样，
他清楚她身上的哪根汗毛长。
你要问什么？
问清明时节纷纷细雨中
长堤上那一行烟柳的蒙蒙？
还是夕阳下，春风里，
女颊映着桃花红？
问炎夏山涧沁出的清凉，
黄昏朦胧中蝙蝠傍着古寺飞翔？
还问什么？
问秋山的秀，

秋风里秋云的舒卷，
无边大野上残照的苍凉？
我知道你要问冬夜里那八遍鸡声，
一个老妪摇着纺车守一盏昏黄的小灯。
你要问这，这我全熟悉，
可是我要告诉你的是另外的一些事。
你听了不要惊惶，也无须叹气，
那显得你是多么无知。
我告诉你，乡村的庄稼人，
现在正紧紧腰带挨着春深，
他们并不曾放松自家，
风里雨里把身子埋在坡下，
他们仍然撒种子到大地里，
可是已不似往常撒种也撒下希望，
单就叱牛的声音，
你就可以听出一个无劲的心！
他们工作，不再是唱呕呕地高兴，
解疲劳的烟缕上也冒不出轻松，
这可怪不得他们，一条身子逐着日月转，
到头来，三条肠子空着一条半！
八十老妪口中的故事，
已不是古代的英雄而是他们自己，
她说亲眼见过长毛作反，
可是这样的年头真头一回见！

凭着五谷换不出钱来，
不是闹兵就是闹水灾，
太阳一落就来了心惊，
头侧在枕上直听到五更，
饥荒像一阵暴烈的雨点，
打得人心抬不起头来，
头顶的天空一样是发青，
然而乡村却失掉了平静！

1934 年 3 月 22 日于相州

生命的叫喊

高上去又跌下来，
这叫卖的呼声——
一支音标，沉浮着，
在测量这无底的五更。

深闺无眠的心，将把这
做成诗意的幽韵？
不，这是生命的叫喊，
一声一口血，喊碎了这夜心。

1934 年 4 月 5 日于相州

秋

我想，一定有人衔一支烟，
从纸窗缝里望着雨中的庭院，
凄清的雨丝洒下了半空，
人的愁丝和雨丝搅成一团。

也一定有人向傍晚的红日，
念起千里外故乡的云烟，
或者拖一只冷冷的影子，
向大野里去找谢了的童年。

可有人认识眼前的秋天？
它在穷人的脸上是多么鲜艳！
凄清到处流溢着夜哭，
夜，静静地又把哭声咽住！

荒郊上，凉风吹出了白骨一片，
谁会想到：

鸭绿江上的秋色

已度不过山海关！

1934 年 10 月 2 日

拾花女

慢慢儿西天边黑了残霞，
冥色中万物失掉了自家，
冷风吹浓秋的凄凉，
吹散了一坡拾花①的姑娘。

双腿上支着一天的疲劳，
背上的花包弓了她的腰，
低着头，无心听脚步的声响，
一条小道在眼前发着白光。

头顶上叫着投林的暮鸦，
路是熟的，它会引人到家，
"小弟弟不会迎在村外？
替妈妈想：小妮子到这也不知道回来！"

1934 年 11 月于临清中学

---

① 指拾棉花。

卖孩子

给你找了个享福的地方，
好孩子，跟着这位大爷去，
管保你不再饿得叫亲娘，
还可穿上暖和的衣裳。

做事要勤力，要听话，
留心人家呼你的名字，
可不能再娇娇娜娜，
像在娘手里那么地。

夜里不准想娘起来啼哭，
为娘的还有什么可想的？
冷了给你做不上衣服，
饿了没什么给你充饥！

扯扯拉拉的这么绵缠，
看样子好话说不走你！

去！给我赶快收起眼泪，
娘的巴掌是无情的！

1934 年 12 月 1 日

夜

夜的黑手摘去了天灯，
天上全不留一颗星星，
顶天立地的一条身影，
充塞得宇宙不透一点明。

脸前听到的，
是死灰的冷静，
（听不到的呐喊响在人心胸）
黑影掩住了血的鲜红，
然而黑影掩不住血腥！

有谁会忧怀着夜的永生？
那他是不明白造化的神明，
你看什么都在咬紧牙根久等，
久等雄鸡喔喔的一声。

1935 年

我们是青年

头顶三尺火，仰起脸
一口可以吞下青天，
一双眼锐利地
专在人生的道上探险，
三句话投不着心，
便捏起了拳头，
活力在周身跳动着响，
真恨地上少生了个环！
叫世故磨光了头皮的人们笑吧，
我们全不管，
秋后的枯草
也配来嘲笑春天？

黑暗的云头最先在我们心上抽鞭，
红热的心是一支火箭！
宇宙在当前是错扣了的连环，
我们要解开它，

照着正直的墨线
重新另安!
擎起地球来使它翻个身,
提起黄河来叫它倒转,
相信自己的力量吧,
我们是青年!

1935 年 2 月

依旧是春天

——感时

什么也没有过的一样。
一万条太阳的金辐
撑起了一把天蓝伞，
懒又静地
笼上了人间的春天。

什么也没有过的一样。
看春水那份柔情，
柳条撒开了长鞭，
东风留下了燕子的歌，
碧草依旧直绿到塞边。

1936 年 4 月 20 日于临清

喇叭的喉咙

——吊鲁迅先生

让我对你免去一些
腐烂的比拟，那太空洞，
你是个"人"，有血有肉，
有一条透亮的思想络住心胸，
你是大勇，你敢用
铁头颅去硬碰人生！

潮流的急湍
漩倒了多少精英，
像流沙被卷上了滩，
活尸里摔死了魂灵；
你是一尊孤岛崛立在中流，
永远清苦地披一身时代的风。

你呐喊，用喇叭的喉咙，
给彷徨的人心吹上奋勇，

你拿笔杆当匕首用：
用它去剥出黑暗的核心，
用它去划清友敌的界线，
用它去剜断黑暗的老根！

死的手在你胸口上压一座泰山，
死的消息怔住了一刻的时间，
一刻过后，才听见了哭声，
暗笑的也有，
笑由他，哭也是无用，
死的是肉体，
你的精神已向大众心底去投生！

1936 年 11 月 4 日灯下

从军行

——送珙弟入游击队

今夜，灯光格外亲人，
我们对着它说话，
对着它发呆，
它把我们的影子列成了一排。

为什么你低垂了头，
是在抽回忆的丝？
在咀嚼妈妈的话，
当离家的前夕？

忽然你眉头上叠起了皱纹，
一条皱纹划一道长恨！
我知道，你在恨敌人的手
撕碎了故乡田园的图画，
你在恨敌人的手
拆散了我们温暖的家。

大时代的弓弦

正等待年轻的臂力，

今夜，有灯火作证，

为祖国你许下了这条身子。

明天，灰色的戎装，

会装扮得你更英爽，

你的铁肩头

将压上一支钢枪。

今后，

不用愁用武无地，

敌人到处，

便是你的战场。

1937 年 12 月 11 日

换上了戎装

脱掉长衫，
换上了戎装，
我的生命
另变了一个模样。

穿起同样的戎装，
手握一支枪，
在"一九二七"的大潮流中，
做过猛烈的激荡。

从什么时候起，
我被握在平凡的掌心，
生活的钝刀
锯断了我十个年头的青春。

鱼龙困在涸辙中，
你可以想，

它是怎样渴望
壮阔的涛浪
把它带到
浩瀚的大洋！

我不能再不动，
四面一片时代的呼声！
敌人的炮火
粉碎了我们的河山，
也粉碎了我们身上的铐镣，
叫起了我们那四万万五千万。

我没有拜伦的彩笔，
我没有裴多菲的喉咙，
为了民族解放的战争，
我却有着同样的热情。

我甘愿掷上这条身子，
掷上一切，
去赢最后胜利的
那一份光荣。

1938 年 1 月 16 日

伟大的交响

我永远不能遗忘，
不能遗忘，
当我们的列车
停留在
郑州站东
不远的一个地方。
黄昏已撒下朦胧的黑网，
大地上一片冷的雪光。
哪儿飞来的歌声
碰得我们的耳鼓微响？
那声音叫玻璃窗缝
挤得低弱而渺茫。
我们的男女歌手
听了歌声喉咙便发痒，
我们飞步出了车厢，
两条腿像一双翅膀。
我们把紧铁栏

身子探出老长，

听出了

那是救亡的歌，

清脆，激昂，

公安局门口

一群孩子在唱。

他们的小嘴

叫开了一个个车窗，

歌声

像火把，

燃烧着

每个听众的胸膛。

一列头颅探出了窗子，

一千张大嘴一闭一张。

救亡的洪流

撼摇得地动，

救亡的洪流

激荡得人心痛，

救亡的洪流

温暖了三九的严冬。

你一个电筒，

我一个电筒，

给公安局门前的黑影

穿上了无数光明的窟窿。

我们招手，

我们呼喊，

歌声把孩子们

拖到了我们的跟前。

他们不停地唱，

我们不停地唱，

旁观的老幼

不再彷徨，

过路的人们

也停下步子放开了粗腔。

救亡的情感像沸水，

使大家全都变成了疯狂！

这声音比敌人的炸弹更响，

这声音像爆裂的火山一样，

这救亡的歌声将响彻全国，

挂在每个中国人的嘴上。

谁敢说堂堂的中华会灭亡？

盲目才辨不清前面的明光，

倭奴的寿命不会久长，

请看看脸前这伟大的力量！

我们唱《松花江上》，

多少人想起了自己

已经失去了的

美丽的故乡。

我们唱《大刀进行曲》，

"冲呵，冲呵"连珠几响，

仿佛敌人的头颅

落在我们脸前的地上！

我们唱《义勇军进行曲》，

我们自己也变成了一员战将。

指挥者的手势

像激流中的双桨，

大家口中的音流

是狂风暴雨的合奏。

我们唱，

大家一个口，

一个心，

一个声响。

我们唱，

悲壮的热泪

冲出了眼眶。

我们唱，

电筒像我们的舌头

舐在每个孩子的脸上。

他们的脸

笼着汗雾，

他们的脸

放射出兴奋的红光。

他们的血
为祖国在澎湃，
从他们的脸上
可以去辨认黄帝的模样。
他们更走近了一步，
近到这样，
我们的手
可以抚到他们的头上。
"我们的爸爸是工人，
我们的学校属豫丰纱厂，
先生，请开好你们的住处，
几时来约我们打鬼子去？"
"打倒日本帝国主义！"
一个孩子鼓粗了脖子狂喊，
"打倒日本帝国主义！"
大家的反响霹雳震天！
列车动了，
拖着一厢救亡的热情，
孩子们逐着车赶，
小手举向天空。
列车的快步
丢下了我们的孩子，
只听见他们的歌声，
追着我们的歌声——

一团火的救亡热情，
追一团火的救亡热情。

1938 年 1 月 22 日于信阳军次

兵车向前方开

耕破黑夜，
又驰去白日，
赴敌几千里外，
挟一天风沙，
兵车向前方开。

兵车向前方开。
炮口在笑，
壮士在高歌，
风萧萧，
鬓影在风里飘。

1938 年 4 月 23 日于赴汉口车中

冰天跃马

我们十匹大马
在战地上追奔，
铁蹄给白雪
打一串新的花印，
瀚海的松林
朔风卷起洪涛，
割鼻子刺脸，
寒风像钢刀。
冰雪封着流水，
冰雪盖着大地，
冰雪锁住鸟鹊的口，
唯有战斗的血是一股暖流。
驰向前线去呀！
驰向前线去呀！
年轻的人
力壮的马，
带着金翅的炮弹

在人心头上爆炸。
驰过"响水河"，
驰过"邢集"，
马蹄驰走——
这年尾的一日。
一片片远山
化入了天碧，
峰头的白雪
做了天际的云朵。
白头的岗岭
和马群赛跑，
撇在身后的山野，
万顷起伏的波涛。
勒马在"查山"的顶峰，
向四周的平原投下了眼睛，
"查山"阵地二十里长，
敌人两次来犯两次受创！
雪泥掩没了烈士的血迹，
冰天里挺一个哨兵的影子，
雪花填饱了坦克车的辙印，
平地上铺满了火车的白轨，
黄昏落上耸高的碉堡，
我们走进了"鲁寨"的战壕，
机枪大炮三面打来，

敌人替我们大放鞭炮。

战士们

严密地警戒着这除夕的夜晚，

把枪口，把炮眼，

对准"出山店"，

对准"长台关"，

这里只有战斗，

没有新年，

从枪口炮口里

打出个明天。

旧历 1940 年元旦于前线

无名的小星

我不幻想
头顶上落下一顶月桂冠，
我只希望自己的诗句
像一阵风，吹上大众的心尖。

你知道，
我是一个野孩子来自乡间，
染着季候色彩的大野
就是我生命的摇篮。

为了生活的压榨
我陪同农民叹气，
命运翻身的日子，
我也分得一份喜欢。

他们手下的锄头
使用得那么熟练，

顺手一拖，闪出禾苗，
把一丛绿草放倒在一边。

工人的神斧
也叫我惊奇，
一起一落
迎合着心的标尺。

时代巍峨在我的眼前，
面对着它，我握紧了笔，
我真是一个笨伯，
怕人喊作"灵魂的技师"。

我愿意是一颗无名的小星，
默默地点亮在天空，
把一天浓重的夜色，
一步步引向黎明。
（一盏生命的天灯）

1940 年

春鸟

当我带着梦里的心跳，
睁大发狂的眼睛；
把黎明叫到了我的窗纸上——
你真理一样的歌声。
我吐一口长气，
拊一下心胸，
从床上的噩梦
走进了地上的噩梦。
歌声，
像煞黑天上的星星，
越听越灿烂，
像若干只女神的手，
一齐按着生命的键。
美妙的音流
从绿树的云间，
从蓝天的海上，
汇成了活泼自由的一潭。

是应该放开嗓子
歌唱自己的季节。
歌声的警钟，
把宇宙
从冬眠的床上叫醒，
寒冷被踏死了，
到处是东风的脚踪。
你的口
歌向青山，
青山添了媚眼；
你的口
歌向流水，
流水野孩子一般；
你的口
歌向草木，
草木开出了青春的花朵；
你的口
歌向大地，
大地的身子应声酥软；
蛰虫听到了你的歌声，
揭开土被
到太阳底下去爬行；
人类听到了你的歌声，
活力冲涌得仿佛新生……

而我，有着同样早醒的一颗诗心，
也是同样的不惯寒冷，
我也有一串生命的歌，
我想唱，像你一样，
但是，我的喉头上锁着链子，
我的嗓子在痛苦地发痒。

1942 年 5 月 20 日晨
万鸟声中写于河南叶县寺庄

走

痛苦，
把你从白天，
扔给黑夜；
噩梦，
又把你从黑夜，
扔还给白天。
海水
可以用斗去量，
却没有一支秤
能打得起生活的分量。
泪，
是什么东西！
除了标出自己的软弱，
还有什么意义？
苦，
也不能用口来诉说，
说出口来的苦，

味儿已经变过。
走，
希望的杆子
牵着你的手，
路，漫长又不平，
小心每一个脚步，
四周都是陷阱！
朝山的信心，
自不埋怨路远，
听说过殉道者
为磨难而嗟叹？
走，挺起胸来走，
记住，千万不要回头！
怀着解放众生的心誓，
你走，
这古老的世界已接近了尽头。

1942 年

地狱和天堂

真有个乐园
在天堂？
让别人
驾着梦飞上去吧，
请为我
反手加锁在门上。
我，
在泥土里生长，
愿意
在泥土里埋葬。
如果，有座地狱
在脚下开着口，
我情愿跳下去，
不管它有多深，
因为，我是大地的孩子，
泥土的人。

1942 年

手的巨人

农民——
手的巨人。
我有一支歌，
歌唱你的命运。
你的嘴
笨拙得可怜，
说句话
比铸造还难。
你的脸上：
有泥土，
有风云，
直泅到生命的海底，
你的心！
谁说生路窄？
你有硬的手掌，
命运是铁，
身子是钢。

你的眼睛，

那一双小明镜，

叫每个"高贵"的人

去认识他的原形。

1942 年

海

乡村
是我的海，
我不否认人家说
我对它的偏爱。
我爱那：
红的心，
黑的脸，
连他们身上的疮疤
我也喜欢。
都市的高楼
使我失眠，
在麦秸香里，
在豆秸香里，
在马粪香里，
一席光地
我睡得又稳又甜。
奇怪吗？

我要问：
"世界上的孩子
哪个不爱他的母亲？"

1942 年

钢铁的灵魂

我不爱
刺眼的霓虹灯，
我爱乡村里
柳梢上挂着的月明；
京剧
打不进我的耳朵，
我迷恋着社戏——
那一团空气
漾溢着神秘，亲切，
生活的真味，
和海样的诗情。
镀了假的油滑脸子
我最厌烦，
真想一把抓下来，
把它掷上天！
我喜欢农民钢铁的脸，
　　　　钢铁的话，

钢铁的灵魂，
钢铁的双肩。

1942 年

三代

孩子
在土里洗澡；
爸爸
在土里流汗；
爷爷
在土里葬埋。

1942 年

生命的秋天

一

呵，是秋天了，高空爽朗，
使人想象一颗智慧的莹亮，
田野旷远无边，
像高人胸怀的坦荡，
秋水：明澈，冷静，凝练，虚涵，
镜面比不上，秋水
是洗炼过的心情，
是秋天大地灵魂的眼。
呵，是秋天了，你闭上眼睛
也会听到萧杀的声音，
像刀兵，像死神的脚步：
踏过枝条，树叶抖战一下
去飘零；
踏过郊原，草低垂了头颈；

踏过园林，金色的果子
仓惶地落蒂；
鸿雁惊飞了，掉下一两声嘹唳，
当它们的脚步踏过天空。

二

呵，是秋天了，我生命的秋天，
它在封建的泥土里发芽，
它在革命的气流里开花，
眼前是一个大时代呵，在大时代的风暴里，
果实在它身上累累垂挂。
我是生长在农村里的，
我是野孩子队里的一个，
乡井溺爱了我，
也宠坏了我，
它给我划定了方圆十里，
我一直沉溺了十六个年头，
在这个狭小而又无限宽阔的天地里。
我认识了中国的农民，
从脸子，到内心，一直通彻命运，
我像认识自己一样，
认识了泥土给他们
雕塑的性格：勤苦、忍耐、朴实、善良，

我认识一颗谷粒，一颗汗珠的价值；

我认识穷愁的面相，

我也认识富贵人家的门台

有多高，享的福有多大，

罪恶有多深，我也会

在生活意义上来个比照。

我认识四季的风向，

云头的变幻，阴晴风雨

我会从鸟巢口上去测量，

我能向青山说话，同流水

调眼角，我能欣赏鸟儿的言语，

虫儿的音乐，我心里充溢着爱，

这爱深到不可丈量——

我爱泥土，爱穷人，爱大自然的风光。

三

生活给我打开了

两扇大门，我顺着一条

前进的路走，背负着

一个思想，怀着热情、天真，

和一叩就响的一颗血淋淋的良心；

虽然这一些多么不入时，给我招惹来

讥笑、耻辱、苦痛甚至于灾殃，

可是我坚信，坚信着

虚伪，残酷，丑恶的阴影

决不能遮盖了它们的光芒，

宇宙，人生，必须这光芒去照耀，

照耀得它温暖，明亮。

我做过革命前线上的

一个尖兵，

我也曾流亡在松花江上，

陪伴我的是秋风；

爱情的险浪

几次向我冲打；

我活在黑色的恐怖里

像活在一道时时刻刻要倒塌的墙下。

我走着，沿一条曲折然而是前进的路径，

像一个远行客，坐上特别快车去旅行，

隔一片玻璃，看云烟，一卷又一卷，

看田野，树木，庄村，驰过眼前，

一闪就是一次人生，当你想去把捉的时候，

它已经成了茫茫的前尘。

跋过山，涉过水，穿过大戈壁，

风，一阵冷，一阵暖，一阵热，

车开进了一个站口，

木牌上标着"四十"两个大字！

回头向过去看，青春的欢乐，

欢乐的悲伤，也不过一步远，

我还是那一副耳朵，那一张口，那一颗心，

　那一双眼，

而生活的颜色，声音，味道，意义，

都变得这么可怕，这么惨！

我曾经"拭干眼泪瞅着你们变"，

今天，我知道，我该"拭干眼泪跟着你们变"，

历史的情感拼死地拖着我的脚，

理性的杆子却牵引我向前。

站在深黑的古井前

照一下镜子，

不管感伤像云烟，

我必须再起步向前，时代在飞，

我的步子也不容再那么蹒跚。

吓人的新鲜，说谎一样的真实，

像把梦搬到了实地上，人眼前；

我所爱的穷人，吃了智慧的果子，

从蒙蔽里睁开了眼，显示了

自己是英雄，是上帝，

用顿然觉醒的聪明，用万能的手，

在地上建立起自己的乐园；

我所憎恨的，因为它们自身的丑恶

也为多数人所憎恨，它的寿命

像落土的阳光一样促短。

用希望绘制了多年的新生的图案，
一旦显现在眼前，这是怎么回事，
对着它，我反而有些陌生，有些畏缩，
　有些不习惯……

四

四十岁，必须战胜自家，
从老干上抽一枝新芽，
（我正在做着惨烈的斗争！）
四十岁，另换一双眼
重新去看。
理性告诉我"是"的，
情感须得从心里也说"是"，
另给自己的眼睛、耳朵、口和心，
安排一套新鲜的感觉、口味、颜色和声音，
让整个的心浸润在里边
像鱼游泳在水里，
我必须变成群众里面的一个，
像我曾经是孩子队里的一个一般；
我必须再造欢乐的、"欢乐的悲伤"的
第二个童年。
我将用心去汲取生命的花朵，再酿造，
然后吐出来去营养别个；

我将用"手"治疗自己的
忧郁病、感伤病、神经病、心病——
知识分子病；
我高兴可以舒舒坦坦地活着，
活在光明的照耀里，呼吸着
群众呼吸的气氛，我情愿卸下诗人的冠冕，
做一个平平常常的人。

1944 年 8 月 14 日于渝歌乐山中

擂鼓的诗人

——呈一多先生

呵，你擂鼓的诗人。
站在思想的前线上，
站在最紧要的关口上，
你擂鼓。
咚咚的，是鼓的声音，
是心的声音，是战斗的声音，
越过山，越过海，
去叩每一扇心门。
麻痹的，活动了；
累倒的，振奋了；
险恶的，战栗了；
失掉的，开始寻找他自己的心。

呵，你擂鼓的诗人。
从沉埋了三十年的经典中，
从幽暗的斗室里，

带着苦心培养的文化"血清"
你走出来——
当别人，
为了一个目的
从几千年的枯坟里
拖出了"死人"，
把他们脸上贴满泥金；
当别人，
为了一个目的
把万年的烂谷糠
拿来喂二十世纪四十年代
中华民族的灵魂。

呵，你擂鼓的诗人。
经过了曲折的路径，
经过了摸索挣扎的苦痛，
你走向了人民。
把大地做块幕布，
（你是那么挚爱它！）
挂起一幅理想的远景，
你倔强地，精神抖擞地
走向它，
一步比一步接近了群众，
你的人，也一步比一步高大。

我看见

你庄严的神情；

我听见

你心血的冲涌；

最后，我看见你的头

在幕布上有斗大，

一尺长的胡须

在眼睛的星光中

飘动。

最后，像从火山口里

听到爆炸的地心，

从你大张的口里

我听见了，"呵，祖国；呵，人民！"

　　　　　1944 年 8 月 24 日早于渝歌乐山中

星点九首

一

"伟大！伟大！"
说顺了嘴
再也不觉得肉麻，
"伟大！伟大！"
听惯了，
仿佛它就是你自家，
伟大？什么！
不过是把人性
调换了一副铁甲。

二

神秘，残忍，吹捧，
这三合土，

在常人心坎上
塑成功"英雄"。

三

你觉得，
自己崇高得不得了，
请站在喜马拉雅山脚下
向上一抬头，
请站在大洋的边岸上
向远处一放眼，
请站在群众的队伍里去
比一比高。

四

我爱一棵小草，
我爱一颗小星，
我爱孩子的眼，
我爱一缕炊烟
缠起微风。

五

苦难是滋养人的，
把诅咒吞下去，
让它化成力！
不要想象着自己的孤独、悲愤，
在茫茫的人海里，
心在寻找着心。

六

你会觉得心的太阳
到处向你照耀，
当你以自己的心
去温暖别人。

七

你问我生命的意义，
我说，它的意义
就在于它永远不满足。

八

渴望着家，
到了家，
却永远失掉了家。

九

回忆，
是彩虹，是深渊，是墓场，
它粘贴着我，
像一件湿的衣裳。

1945 年 3 月

人民是什么

人民是什么？
人民是面旗子吗？
用到，把它高举着，
用不到了，便把它卷起来。

人民是什么？
人民是一顶破毡帽吗？
需要了，把它顶在头顶上，
不需要的时候，又把它踏在脚底下。

人民是什么？
人民是木偶吗？
你挑着它，牵着它，
叫它动它才动，叫它说话它才说话。

人民是什么？
人民是一个抽象的名词吗？

拿它做装潢"宣言""文告"的字眼，
拿它做攻击敌人的矛和维护自己的盾牌。

人民是什么？人民是什么？
这用不到我来告诉，
他们自己在用行动
作着回答。

1945 年冬于重庆

邻居

——给墙上燕

欢迎，你，
来我这堂屋里安家，
在这苦难的岁月里，
我们一样是作客在天涯。

听说，你顶会选择人家，
我高兴你来和我做近邻，
这座房子，可以避风雨，
我们都有一颗无害于人的心。

我给你在东墙上钉了一个竹窝，
一早，我忙着给你去开门，
晚上，我留着门等候你，
像等候一个迟归的亲人。

为什么，飞来飞去

总是孤孤单单的一个？
我怕看见你的影子，
也怕听到你的歌。

暴风雨快要来的时候，
我手把住门站在屋檐下，
东边望了西边望，
觉得心焦又觉得害怕！

今天，你说我有多么快乐！
当我看见你不再是一个；
我的心永远不能安宁，
如果有一个人不能幸福地生活。

　　　　　　1946 年春于渝歌乐山大天池

星星

我爱听
人家把星
叫作星星。

夜空是另一个世界，
星星是它的子民，
谁也不排挤谁，
彼此密密地挨近。

它们是那么渺小，
渺小得没有名字，
它们用自己的光圈，
告诉自己的存在。

仰起脸来，
向着那白茫茫的银河，
一，二，三，你数，

呵，它们是那么多，那么多……

1946 年 8 月 4 日午于沪

生命的零度

前日一天风雪，
昨夜八百童尸。

八百多个活生生的生命，
在报纸的"本市新闻"上
占了小小的一角篇幅。
没有姓名，
没有年龄，
没有籍贯，
连冻死的样子和地点
也没有一句描写和说明。
这样的社会新闻，
在人的眼睛下一滑
就过去了，
顶多赚得几声叹息；
人们喜欢鉴赏的是：

少女被强奸，人头蜘蛛，双头怪婴，
强盗杀人或被杀的消息。
你们的死
和你们的生一样是无声无臭的。
你们这些"人"的嫩芽，
等不到春天，
饥饿和寒冷
便把生机一下子杀死。

你们是从哪里来的？
是从那响着内战炮火的战场上？
是从那不生产的乡村的土地里？
你们是随着父母一道来的吗？
抱着死里求生的一个希望，
投进了这个"东亚第一大都市"。

你们迷失在洋楼的迷魂阵里，
你们在珍馐的香气里流着口水，
嘈杂的音响淹没了你们的哀号，
这里的良心都是生锈了的。

你们的脏样子，
叫大人贵妇们望见就躲开，
你们抖颤的身子和声音

讨来的白眼和叱骂比悯怜更多；
大上海是广大的，

温暖的，

明亮的，

富有的，
而你们呢，
却被饥饿和寒冷袭击着，
败退到黑暗的角落里，
空着肚皮，响着牙齿……

一夜西北风
扬起大雪，
你们的身子
像一支一支的温度表，
一点一点地下降，
终于降到了生命的零度！

你们死了，
八百多个人像约好了的一样，
抱着同样的绝望，
一齐死在一个夜里！
我知道，你们是不愿意死的，
你们也尝试着抵抗，
但从一片苍白的想象里

抓不到一个希望
做武器，
一条条赤裸裸的身子，
一颗颗赤裸裸的心，
很快地便被人间的寒冷
击倒了。

你们原是
活一时算一时的，
你们死在哪里
就算哪里；
我恨那些"慈善家"，
在死后，到处捡收你们的尸体。
让你们的身子
在那三尺土地上
永远地停留着吧！
叫发明暖气的科学家们
走过的时候
看一下；
拦住大亨们的小包车，
让他们吐两口唾沫；
让摩登小姐们踏上去
大叫一声；
让这些尸首流血，溃烂，

把臭气掺和到

大上海的呼吸里去。

1947 年 2 月 6 日于沪

冬天

冬天，
应着气象台上
冰冷的号召，
从二十年的纪录里
突破出来，
刚一露头，
人们就从
磨响的牙齿缝里
透出了一声
感召的"啊!"
天地，
于是惨然色变。
云，
冻结在覆压下来的
展不开颜色的低空上，
冰，
结冻在像是因为笑

而实际是因为哭泣而裂开的大地上，
威风凛凛的北风，
张牙舞爪地
到处搜索着温暖，
太阳，
这位最受欢迎的客人，
也有气无力地放不长它的光线。

寒冷呀，寒冷呀，寒冷呀，
寒冷
把水银柱里的水银
压缩到零下三十度。
从东海岸
到极西的边陲，
从塞外
到没有见过雪花的南方——
整个古老的中国的土地，
土地上所有的人民，
一齐冻结在冰冷之中了；
只有物价，
只有钞票上的数目字，
全不顾自然的规律，
一刻一刻地
在膨胀……

往年这时节，

北方的水瓮

都穿上了草叶的暖衣，

而眼前，

遍地是赤条条的难民，

今天，在异乡的街头上

用异乡的口音叫喊，

明早，在异乡的义地里

做一个永久的居民。

（寒冷杀人不见一滴血，

也不负什么"罪犯"的责任。）

人民，

一个个空着肚皮；

而枪炮的胃口，

却是那么壮；

汽车在公路上飞驰几百里，

看不到

一缕炊烟，

一个人，

一只瘦狗的出现，

惹出一阵迸裂的欢呼！

老农依着它曝日的

场围上的那个干草垛，

冬天炕头上

孩子们偎着的那个热被窝，

一盏灯，

一盆火，

一个冬天家庭的团聚，

全都成了奢望，

全都成了回忆！

冬天的鸟儿们

还有一个温暖的巢，

而人呢，而人呢，

被饥寒追迫着

找不到一个躲藏的窝。

皮肉，

在冰冷之下

瑟缩着，

而心，

瑟缩得更厉害，

昨天，今天，连上明天的生计

也一起被冻结！

呵！是这样的一个冬天！

从多久以来

我们就一直活在冬天里——

春天的冬天，

夏天的冬天，

秋天的冬天，

而今，是冬天的冬天。

我们的嘴巴

被冰封着，

我们的热血、希望、苦痛和呼号

也全都被封在肚子里，

寒冷呀，寒冷呀，寒冷呀，

寒冷，又岂止是气候上的！

呵！是这样的一个冬天！

这样破碎，

这样颓败，

这样凋零！

寒冷呀，寒冷呀，寒冷呀，

这该是最后的一个严冬。

1947 年 12 月 23 日于沪

有的人

——纪念鲁迅有感

有的人活着

他已经死了；

有的人死了

他还活着。

有的人

骑在人民头上："呵，我多伟大！"

有的人

俯下身子给人民当牛马。

有的人

把名字刻入石头想"不朽"；

有的人

情愿作野草，等着地下的火烧。

有的人

他活着别人就不能活；
有的人
他活着为了多数人更好地活。

骑在人民头上的，
人民把他摔垮；
给人民作牛马的，
人民永远记住他！

把名字刻入石头的，
名字比尸首烂得更早；
只要春风吹到的地方，
到处是青青的野草。

他活着别人就不能活的人，
他的下场可以看到；
他活着为了多数人更好地活着的人，
群众把他抬举得很高，很高。

1949 年 10 月于北京

《凯旋》 序句[①]

生活的道路美丽又宽广，
我的胸怀呵是这么舒畅，
心头像有只宛啭的春莺，
按捺不住要歌唱的欲望。

迎春花虽然开得很小，
她却有自己的一份色香，
噼噼啪啪像一支火鞭，
迎来了灿烂的大好春光。

1961 年 11 月 10 日北京

---

① 诗集《凯旋》，1962 年作家出版社出版。这篇序句，是以诗代序。

我

我，
一团火。
灼人，
也将自焚。

1992 年

——我是个执著人生、热爱祖国与人民的人。有志向，富热情，易激动，爱朋友。由此，日夜燃烧，受大苦，得大乐。我有个习惯，好用短句，随时记下个人深切的感受。前年，为给自己的精神写照，记录下这样两个句子："我是一团火，灼人将自焚。"去年，经过深思锤炼，成为十字四行的短小的诗。近来，我多写旧体诗，没写新诗了。近日，在给屠岸同志的信中，兴来将它插入，我原来没有发表的想法。

1993 年 10 月

图书在版编目（CIP）数据

有的人 / 臧克家著. －－ 武汉：长江文艺出版社，
2023.6
ISBN 978-7-5702-3107-2

Ⅰ．①有… Ⅱ．①臧… Ⅲ．①诗集－中国－当代
Ⅳ．①I227

中国国家版本馆 CIP 数据核字(2023)第 070295 号

有的人

YOU DE REN

责任编辑：秦文苑　　　　　　　　　责任校对：毛季慧
封面设计：天行云翼·宋晓亮　　　　　责任印制：邱　莉　王光兴

出版：长江出版传媒 | 长江文艺出版社
地址：武汉市雄楚大街 268 号　　　　邮编：430070
发行：长江文艺出版社
http://www.cjlap.com
印刷：武汉市籍缘印刷厂

开本：640 毫米×970 毫米　　　1/16　　印张：6.75　　插页：4 页
版次：2023 年 6 月第 1 版　　　2023 年 6 月第 1 次印刷
行数：4106 行

定价：22.00 元